저녁의 마음가짐

박용하 시집

저녁의 마음가짐

달아실시선
62

달아실

일러두기

보조 용언과 합성 명사의 띄어쓰기 등 본문의 맞춤법은 시인의 의도에 따른 것임.

그 사람처럼
이 삶의 여름은 지나갔다.

무한정 살 수 없는 삶을 이 시간에 세워 놓고
지나가는 가을 오후의 내 그림자를 재본다.

여전히 삶은 코앞에 있고
비애와 분노는 발바닥 밑에 있다.

그런가 하면
이 세계의 아름다움도 피부에 낭자하다.

다 사랑할 수는 없으리.
다 노래할 수는 없으리.

나는 시를 멈춘 적이 없었다.
시는 나의 언어였고 언어는 나의 일이었다.

2023년 1월
박용하

차례

저녁의 마음가짐

2부. 둔도鈍刀의 미학

3부. 나뭇잎 하나 지는 시간

1부

삶의 방식

사랑의 순간

너를 시작한 순간
호흡은 아가미로 했고
머리카락으로 헤엄쳤고
네 발로 날았고
동해 파도는 뜨거운 파도였고
하늘을 파묻던 눈보라는 들끓는 눈보라였다
우리들 곁의 돌들과 나무는 한껏 떨리거나 힘껏 날뛰었고
공포를 잊은 심장은 미지를 껴안았다
너를 얻어맞은 순간 번개와 몸을 섞었고
시간은 어둔 영원을 찰나에 찢어 놓았다
뼈로 안고 피로 말하고 살로 통했다
너는 그만큼 강하게 전속력으로 내일 없이 왔다
삶보다 빠르게
죽음보다 깊게
지금 전존재에 금을 내면서 왔다
빛이 혈관을 타고 돌았고 삶이 시간에서 내려 버렸다
돌이킬 수 없는 순간에
우리는 새로 태어났고 감각의 신생이 도래했다
하루아침에 순간의 영원이 발발했다

하지만 나는 사랑보다 늘 육체를 원했다
육탄전을 원했다
감각의 육박 속에
지금껏 삶을 복수하듯 기쁨을 밀어붙였다
그게 비극이었다

남아 있는 날들

아무리 아름다워도 사내의 아름다움은
여인의 아름다움에 미치지 못한다

이것은 누구의 입장일까

여인의 아름다움이 사내의 피부에 박혀
가을볕처럼 반짝인다

이건 또 누구의 입장일까

많이 살았고
많이 헛살았고
가까스로 살아왔다

돌아갈 수 없다
과거의 영광 속으로

나아갈 수는 있다
과거의 그림자와 함께

회한이 들이닥치고
후회의 수중에 빠진다 해도
남아 있는 시간의 초침 속으로

걸을 수 있을 때까지

치욕적인 소식을 들었을 때
도시의 동쪽에서 서쪽으로 걸어갔다가
다시 동쪽으로 걸어왔다

걸을 수 있을 때까지
걸어갈 수 있을 때까지
나는 걸어갔다
걸어가는 동물의 위신으로 걸어갔다

그런다고 치욕이 어디 가지는 않았다

분노와 화가 치밀 때도
대책 없이 걸어갔다
무작정 걸어갔다

죽이고 싶은 마음을
죽고 싶은 마음으로 견디며

죽고 싶은 마음을

죽이고 싶은 마음으로 태세 전환하며

다시 말 섞을 일 없이
다투고 나왔을 때도 한참을 걸어갔다

내가 가고픈 곳으로 걸어갈 수는 있었다
걸을 수 있는 데까지는 걸어갔다

살아야 할 전의戰意를 날짜마다 새기며
누구도 건드릴 수 없는 비밀을 간직한 채
득의의 미소를 몸 가득 파묻은 채 걸어갔다

해안

파도에 시체가 떠밀려온다
강물에 시체가 떠내려온다

내가 사는 마을에서 일어난 일이 아니다
내가 사는 나라와 나라 밖에서 일어난 일이고
일어나고 있는 일이며 일어날 일이다

파도는 파도를 밀고 밀며 나아가고
파도는 파도에 밀리고 밀리면서
마침내 크게 한숨을 몰아쉬며 폐부를 해체하듯
백사장으로 쓰러진다
거기서 멀지 않은 해안 절벽으로 파도는 대가리를 산산
조각내고
다시 바다에 합류한다

파도는 부서지고 깨져도 파도고
그러거나 말거나 바다는 평정의 바다고

내가 사는 나라 밖에서는

상상 이상의 시체가
떠내려가고 떠밀려온다

내가 사는 나라라고 별다를까

세계가 죽음의 파도로 연결돼 있다

거짓말에게

끼니와도 같고 음식과도 같은
거짓말이 오고 거짓말이 간다
그래도 되냐 싶지만
너도 무릇 열혈 가족이 있겠구나

해가 가듯 날이 오고
날이 가듯 해가 오는
이 유구한 광명의 나라에
거짓말 위에도 거짓말
거짓말 밑에도 새끼인 채 깔려 죽은 거짓말 사체들
식탁 위에도 거짓말
침대 밑에도 거짓말
예식 중에도 거짓말
상喪 중에도 거짓말
마이크는 말해 뭐 하랴

거짓말 한 번에 다섯 형제가 해협을 장만하고
거짓말 두 번에 이승이 갈라서고
인간이 계속되는 한 거짓말은 불멸일 것이고

그러니 이 삶이 언제 무료하겠는가

너무나 많은 다국적 거짓말들의 동서남북에서
외면과 묵인과 분노와 보복의 공존 속에서
밥 먹듯 차 마시듯
네 거짓말을 내 거짓말 대하듯 들여다본다

거짓말하는 사람이 거짓말하는지도 모르고 있다
거짓말이 그를 대신하고 있다
그래도 되냐 싶지만
너도 독실한 피붙이가 있겠구나

거짓말이 거짓말을 낳고 키운다
우리가 거짓말을 떠나지 않듯이
거짓말이 우리를 놓지 않고 있다
세계가 거짓말로 뒤덮여 있다

거짓말 앞에서

내 거짓말을 들여다볼 때
나는 소인이면서 그걸 넘어갈 기회를 갖게 된다

속이는 자들이 날로 커간다
속는 자들도 날로 커간다
그만 속아야지 하는 중에도
갑이 을을 불러내듯
큰 거짓말이 작은 거짓말을 불러낸다

거짓말은 마스크처럼 가까이 있고
마스크 없이도 극성이고

거짓말 앞에서
내가 싫었던 날은
무기로 해결해야 할 일을 말로 해결하려 했던 날

아직도 거짓말을 대하는 기술이 부족하다
거짓말을 대하는 응징의 방법이 저렴하다

과거에 연연해하지 않는다지만

미래를 연연해하듯이
과거에 연연해한다

사소한 말 한 마디에 평생 갈라서고
다시 말 섞지 않는 동물이 되어 나타난다

거짓말같이
거짓말처럼

여름과 가을

여름은 지나가지만
그 여름의 그 사람은 지나가지 않는다

여름은 지나가지만
그 여름의 이 사람은 지나가지 않는다

여름은 지나가도
그 여름의 그 시간은 지나가지 않는다

여름은 지나갔지만
그 여름의 목소리와 눈빛은 지나가지 않는다

시간의 계절

비밀을 거짓말이 들여다보고 있다
거짓말을 비밀이 내다보고 있다

거짓말이 비밀을 감싸고 있다
비밀이 거짓말을 외면하고 있다

그 밤에 일어났던 초유의 일은
두 사람과 그 밤만 알고 있으리라

이제 돌아오지 않으리라
그 아름답고 좋았던 시간의 계절은
그 짧고도 길었던 여름밤의 환희는
그때 그 숨소리와 입김, 목소리와 피부의 다정함은

그 좋았고 아름다웠던 시간을 두고
우리는 각자의 미래로 떠나갔다

세상사를 잊게 했던 밀회의 순간을 두고
일상으로 파묻혔다
일상에 항복했다

생활의 방식

따분할 땐 산문을 읽는다
졸음이 쏟아질 땐 이를 닦고
기분이 더러울 땐 내가 한 행동을 꺼내본다
그러고도 성질이 가라앉지 않으면
손톱을 깎고 예열하듯 머리를 감는다

식상할 땐 빨래를 하고 방을 닦는다
말이 난무할 땐 설거지를 하고
악착같이 돈을 받는다
그러고도 남는 시간에는 풀을 뽑는다

나 없는 국가가 무슨 소용이며
나 없는 종교가 무슨 생활인가

천지사방이 자기 알아 달라는 애원으로 그득하다

물속에서 물 밖에 있는 자들에게 아무리 살려 달라 외
쳐도
물거품만 수면으로 올려 보내며 가라앉는 돌덩어리의
심정으로

그 물거품을 물끄러미 내려다보는 업자들의 무표정으로
평범한 날들이 소리도 없이 가라앉고

외면할 수 없는 것들 앞에서
비약은 이루어지지 않고

죽어가는 양심의 얼굴을 외면하듯이
나의 나라를 외면하고
나의 나라를 외면하기 전에
나의 이웃을 외면하고
나의 이웃을 외면하기 전에
나의 일가친척을 외면하고
나의 일가친척을 외면하기 전에
나의 거리두기와 묵인을 먼저 본다

꼼짝하기 싫을 땐 무좀약을 바른다
잠이 안 올 땐 시를 읽는다

허무할 땐 죽어가는 나를 내려다본다
결정적으로 귀찮을 땐 밥상을 차린다

자유

자유는 거창하지 않아. 식탁과 침실 위에 앉아 있는 몸 같은 거지. 티브이 앞에, 사무실 책상 위에 서 있는 말 같은 거지. 사소하고 소소하기까지 한 자유. 하지만 갑甲이 듣고 싶어 하지 않는 말을 하는 자유. 그저 예! 하지 않는 자유. 의심하고 질문하는 자유. 계급 앞에선 부자유하지. 자본 앞에선 부자연하지.

가까이 있지 않을 자유.
불려 다니지 않을 자유.

어디서 왔는지 생각조차 안 해 본 내 생각이 내 생각인 줄 알고 지냈던 세월의 부자유한 나의 생각 노예들처럼 내 생각의 대다수는 누군가 만들어 놓은 생각. 자유가 말한다. 매장埋葬 방식이 다르듯 식성이 다르고, 죽어가는 방식이 다르듯 살아가는 방식이 다르고, 언어의 방식은 처참하게 다르고, 밥 한 끼 오늘 하루처럼 꾸역꾸역 자유 하나, 꼬깃꼬깃 자유 둘.

자유는 거창하고 위대한 것인 줄로만 알았어. 꼭 피가

들어가야 하는 것인 줄로만 알았지. 자유는 눈부시지 않아. 식욕과 성욕과 자리 갖고 싸우는 인간 동물들처럼 자유는 일상이야. 자유는 평범이야. 피와 뼈에 새겨진 온갖 부자유처럼 내 속에도 노예가 우글거리고, 싫은 걸 싫다고 거부할 수 있는 자유가, 아닌 걸 아니라고 반대할 수 있는 자유가, 강자를 불편하게 할 수 있는 자유가 숨 쉬는 줄 알았지.

자유는 늘 가까이 있어. 구강과 성기 근처, 변기만큼이나 신발장만큼이나 건빵 바지에 들어 있는 휴대폰이나 개집만큼 가까이 있지.

내 뇌와 입과 행동이 어디서 왔는지, 우리의 언어가 어디서 왔는지, 자유는 묻고 또 묻는다. 화폐만큼 무기만큼 밥 한 끼만큼 가까이 있는 자유.

그대가 자유하다면 부자유하리. 나는 부자유를 먹고 또 먹는다. 나는 부자유를 활강한다.

글에 관한 추억

말이 우리를 갖고 논다
우리는 갖고 놀지도 못하던 그 말을
그들은 아무렇지도 않게 갖고 논다
갖고 놀기의 선수들
말 돌리기의 명수들
무죄책의 달인과 무자책의 9단들
그런 그들이 우리를 갖고 논다
우리가 몸 저리며 마음 아꼈던 그 말을
그들은 아무렇지도 않게 굴린다
그들이 잘 갖고 논다는 국민들과
국민이라는 이름의 신민들과
어불과 성설과 함께
지극히 민주적이지 않은 민주 시민들과
부패 주민들과 함께
나였던 적이 없었던 우리를 부리듯이 국가를 갖고 논다
갖고 놀기의 기계들 앞에서
갖고 놀 말이 없어서
우리는 겨우 글로 만난다
몇 년에 한 번 글로 만난다

그들이 아무렇지도 않게 우리를 갖고 놀 때
우리는 팔았다
우리의 양심을
우리가 지켜야 할 고통과 노래까지 팔았다

말이 우리를 갖고 논다
심지어 그들의 말이 그들의 얼굴을 갖고 논다
우리는 맘껏 갖고 놀지도 못하던 그 간사한 얼굴을
그들은 가볍게 갖고 논다
갖고 놀다 싫증나면 금방 버린다
갖고 놀다 버리기의 선수들
단물 빨고 빠지기의 명수들
그런 그들이 우리를 갖고 버젓이 농락할 때
우리는 인간이 아니었다
우리는 피부를 뒤집어쓴 부품이었다
그들이 말을 갖고 파티를 열 때
얼굴을 갖고 놀지 못하도록
그들의 심장을 파냈어야 했다
우리가 지은 죄는

그들을 끝까지 의심하지 않은 죄
나 자신을 의심하지 않은 죄
그들이 말을 갖고 한 사회를 유린하려 들 때
우리는 그들이 인간인 줄 알았던 것처럼
우리도 인간인 줄 알았다

말이 죽음을 갖고 논다
우리는 돌 울음
우리는 자라나는 질문

조용히

조용히 사랑하고
조용히 멸망한다

조용히 침묵하고
조용히 외친다

조용히 조용히 살아가고
조용히 조용히 죽어간다

만날 때는 조용히
헤어질 때는 더 조용히

조용히 살러 가듯이
조용히 죽으러 간다

조용히 조용히 죽으러 가기 전에
조용히 조용히 죽이러 간다

누구 좋으라고 적을 놔두고 혼자 죽나

조용히 보복하듯이
조용히 복수하듯이

말이 싫어
인간이 하는 말이
내가 하는 말처럼 듣기 싫어
무리들 떼어 놓고

조용히 집에 간다
조용히 방에 간다

의심 없는 폭력에 질려
언어 기계에 질려

말이 집을 찾듯 사람을 찾고
언어가 독실하게 인간을 원할 때
난무하는 요설에 식상해
혼잣말 배설 퍼레이드에 역증 나

야전에 간다
백지에 간다

피와 뼈와 함께 외계로 돌아선다

조용히 노래하고
조용히 사랑한다

조용히 슬퍼하고
조용히 애도한다
조용히 실패의 거울을 부순다

그 와중에 미래를 기억한다
돌이킬 수 없는 광선과 호흡을
지금 이 순간을 파먹으며

조용해질 때까지 사랑하고
조용해질 때까지 죽음한다

조용히 조용히 공포를 깔고 앉아
두려움을 덮어쓰고 노래를 데리러 간다

2부

둔도鈍刀의 미학

티타임

하지만 그 모든 걸 비밀에 부쳤지
눈빛 다발이 말을 압도했지

벌린 입이 벌어진 입이 되고
우리는 밤이 다가도록 인간이 아니었고
마침내 짐승의 나라에 가닿았지

잔잔하던 귓가에 음악 출렁이던
나의 젊지 않은 반가사유 그대

그 밤 이후 수작을 부리고 싶어
감춰 두었던 발자국이 불시에 들고 일어났지

하지만 모든 걸 불문에 부쳤지
뇌 안에다 묶고
일상에다 파묻었지

시작은 미미했지
차나 한 잔

밥이나 한 번
술도 한 잔
그렇게 거사가 시작되었지

우리는 서로를 원했고
서로가 다다르고자 하는 나라에서
빛을 뒹굴었지

하지만 그 모든 어둠을
걸어 잠그고 싶어 몸부림쳤지

우리는 젊음이 다가도록 인간이 아니었고
마침내 믿을 게 없는 나라에 가닿았지

지금에게

1

내가 가장 아끼는, 유일한, 값나가는 접시 세트 중에 (좀 과장된 표현이긴 하지만) 마치 팔다리를 잘라 주듯이 선물 드립니다. 당신의 귀중한 손님이 오면 활용하십시오.

2

팔다리를 잘라 주듯이 어둠을 내주던 사람이 갔습니다

눈동자 끝이 바다였던 시간은 가고
눈물의 끝이 눈꽃이었던 사람은 가고

아직도 날것인 추억 앞에
지금도 불시착하는 기억 앞에

몸 둘 데가 없는 내가 벌거숭이로 남았습니다

전언

훗날 그 친구가 말하더군요. 차가운 감방 안에서 자신의 삶을 복기해 봤노라고. 그동안 내깐엔 최선을 다해 기를 쓰며 살아왔는데, 왜 지금 여기 와 앉아 있는 걸까? 대체 뭐가 잘못된 걸까? "내가 도달한 결론은 이거였지. 내 인생의 가장 큰 문제는 내가 인문학적 소양이 너무나 부족하다는 거다!"

서대문에 있는 동안 오로지 인문학 책들만 280권을 읽고 나온 그는 그 이전과 똑같으면서도(치밀하고 꼼꼼하고 빈틈없고 철두철미하고…) 완전히 다른 삶을(아무리 어렵고 소중한 사람의 요구라도 아니라고 생각되면 단호하게 노!라고 말하는…) 시작했지요.

어느 날 자정 무렵에 받은 문자에는 이런 감당하기 힘든, 감당해 보고 싶은 전언이 있었다.

법

인사법을 바꾸기로 했어
네 뇌는 잘 있니?
잔머리 잘 굴리기도 하는 큰 잔대가리 관 뚜껑 말야
네 치아는 잘 있니?
법꾸라지 네 방언은?
네 허세를 내가 어쩌겠니
양형조차 감정 풀이와 편파 판정으로 물들었지
하루도 쉬지 않고 흉중 속에 생겨먹은 건
더럽게도 밖으로 삐져나오지
인사법을 바꾸기로 했어
네 돈과 인맥은 잘 있니?
피가 우는 네 저울은?
양심이 기술 밑에서 울고 있다
피가 돌고 빛이 우는 등대로 가야겠다

끝

넌, 내 동생이야
후견인처럼 넌 날 대했지
난 널 좋아했지
넌 아름다운 사람이었으니까
그러던 어느 날 넌 힘 있는 놈한테 붙었지
그걸로 끝이었어
아름다운 시절은

난 돈도 없고
인맥도 없고
돈 대신 시를 벌고 있었지

네가 힘 있는 놈한테 붙는 꼴을 난 못 봐줬어
그걸로 끝이었어
아름다움은

나는 그때

내가 술을 먹었던 날들 못지않게
술이 나를 먹었던 날들이 있었다
술에서 깨면 다시 술을 껴안던 날들
내 가족을 먹어 치울 뻔했던 날들 —
하여간 나는 그때 그렇게 살았다
맨 정신도 고통스런 쾌락이었으나
고통을 맡겨 둘 대리인이 필요한 시절이었다
담을 넘다 추락해 이빨이 부러진 적도 있었던 시절
이빨 해 넣을 돈도 없던 시절

술은 멀리하고도 싶었지만
멀리할 수 없는 죽음과 같았다

요즘도 가끔 술 생각이 엄습한다

기습적으로
전우주적인 기운으로

돈

입금돼야 할 돈이 들어오자
뇌가 환해진다
돈의 기쁨과 예술의 기쁨 중
어느 손을 들어줄까
내 돈 떼먹고 토낀 그 새끼는
아직 안 죽었겠지
내 피 떼먹고 도망친 그 새끼
죽지 않았어야 하는데…

발가벗고 나 자신에게 물어봐라
니는 돈 떼먹은 적 없나?

그곳은 그런 곳이다

25년 만에 찾아간 곳에서 담배 두 대 태우고 서둘러 그 곳을 떠난다. 그곳은 그런 곳이다. 한 번은 다시 가 보고 싶은 곳. 어쩌면 영영 다시 가 보고 싶지 않은 곳. 오래 있을수록 기억이 기억을 자가 발전하는 곳.

이 세상에 없는 곳이 유토피아라지. 시 쓰는 후배가 결혼한다고 하니 축하보다 걱정이 앞선다. 그곳은 세 배의 갈등과 네 배의 고통 분담이 출몰하는 곳. 슬픔과 비애가 각축하는 곳. 화와 분노가 끊이지 않는 곳. 그곳에 가 보면 그곳은 생각했던 그곳이 아니고 예상문제집 따위 통하지 않는 곳. 그곳에는 그곳만의 실전이 있다.

20여 년 만에 마주친 낯선 거리에서 그 사람이었지, 황급히 시선을 거둬 남보다도 못한 사람처럼 제 갈 길을 갔지. 아주 서둘러 갔지. 그것은 그런 것이다. 다시 돌아올 수 없고 다시 돌아갈 수 없는 그곳에서 우리는 입을 맞췄고 손을 놓았다. 토하던 그 골목, 울먹이던 그 담벼락은 그런 것이다.

언제 등쳐먹을지 모르고 언제 등 돌릴지 모르는 것들이
선심 쓰듯 선의善意를 전의戰意를 시험하려 든다. 힘 있는
놈인지 뻔뻔한 놈인지 약은 놈인지 썩은 놈인지 요리조리
뜯어본다. 그것은 그런 것이다. 그것은 그러고도 남는 것
이다. 삶에서 일어난 일을 삶이 모른다 한다. 국가에서 일
어난 일을 국가가 나 몰라라 한다. 그것은 그래선 안 되는
것이다.

25년 만에 찾아간 곳에서 담배 두 대 태우고 서둘러 그
곳을 떠난다. 25년 뒤에 다시 그곳을 가도 그곳은 그런 곳
이다. 내가 나를 가만둘 수 없는 곳. 내가 너를 가만둘 수
없는 그곳.

나는

나는
나를 불 지르는 사람

나는
아침부터 밥 짓고 국 끓이는 사람

나는
나날의 빨래와 청소하는 나날들의 노래

어느 날의 나는
사람 한 마리
인간 한 개
사랑 한 충蟲

어느 날의 나는
멍멍이 댕댕이 동동이

어느 날의 나는
하잘 것 없는 미풍으로

이 사소한 골목에서 저 격한 해변으로 나아갔지
나아가 파도 앞에서 그 바다가 되었지

나는
나를 용서할 수 없고
너의 용서를 구하지 않는 사람

나는
칼날과 칼끝의 서정
칼등의 격정

어느 날 나는
미용사 앞에
얌전히 앉아 있다
죽을 때까지
내 머리는 내가 감겠다며 일어났었지

나는
오랫동안

나의 다른 이름이
폭력이라는 걸 몰랐던 사람

어느 날의 나는
비겁 한 마리
분노 한 폭탄
슬픔 소굴

어느 날의 나는 한없이 부끄러운 마음으로
의자 위에 바위 얼굴로 놓여 있었지

어느 날의 나는 나 말고는 아무도 쳐다보지 않던
내 눈물을 개처럼 핥고 있었지

나는
나를 구한 역무원들의 노래

나는
하늘 말고는 아무도 덮어 주지 않던 죽음

나는 악인에게서
삶의 의지를 흥정했던 사람

나는
나를 의심하는 사람이고
내가 두려운 사람이고

어느 날의 나는
좋지 않았고
옳지 않았고
아름답지 않았다

어느 날의 나는
무기였고 흉기였고 성기였다

나는 여전히
어떻게 살아야 할지 모르는 사람이고
어떻게 죽어야 할지는 더욱 모르는 사람

나는
삶이 종교인 사람

나는
거짓말로부터 자유로울 수 없는 사람

어느 날의 나는
가망 없는 인간들의 다른 이름이고

내가 한 말이 나를 보고 있고
내가 한 말에 내가 당하고 있는 인간이었지

어느 날의 나는
개돼지의 나라에서
사망 416개
사망 416마리

어느 날의 나는

액체 한 마리
고체 세 명
기체 열 그루

평생에 걸쳐
나는 나로부터 걸어 나갔지
걸어 나가 빛을 잃은 눈동자들 사이로 기어들어 갔지

기어들어 가 돌멩이의 시선으로
동물의 어둠을 지나 별의 얼굴까지 나아갔지

5월 23일

그가 가고 난 자리에
뒤가 남았는데
죽음이다

그 죽음은 죽임이어서
남아 있는 자를 욕되게 한다

그가 삶이었을 때
그를 정치인 이상으로 생각했다

털털하게 술값 내는 선배쯤으로
강자한테 덤비고 약자한테 함부로 안 하는 사내자식으로
어깨 내주며 노래를 불러 젖히는 동무쯤으로

그런 그가 가고 없다
이상한 말이지만 그가 가고 난 뒤에 그가 남았다

그는 맨땅에 헤딩해 권력을 쥐었다
그의 첫 번째 죄였다

그는 권력을 쥐고도 휘두르지 않았다
그의 두 번째 죄였다

사람은 뒤를 봐야 한다는데
뒤 같은 거 쳐다보지도 않는 세상이 되어서 그런지
그가 떠난 뒤를 더 생각하게 된다

그가 가고 난 자리에 그의 자리가 남아 있다
그게 그의 힘이다

저녁

말로 지은 죄
거둘 말 없고

몸으로 지은 죄
벗을 몸 없네

마음으로 지은 죄
오죽하랴

검명劍名

여기에 있는 유한
여기에 있는 무한

3부

나뭇잎 하나 지는 시간

영嶺의 동쪽

영 너머에는 노모가 계시고
나는 서쪽에서 개와 지낸다

무슨 일로 4년이 다 되도록
그 흔한 안부 전화 한 통 없다

전화 오는 게 철렁할 때가 있다
늦은 시간보다 아침 일찍 올 때가 —

영 너머에는 노모가 계시고
나는 서쪽에서 백지와 지낸다

바다

상극이고 웬수인 사람이 죽으니
한 줌 뼈밖에 없고

오 분을 동석하기 힘든 사람이 죽어도
재 한 줌밖에 없고

동해 파도는 질리도록 밀려오는데
질리지 않고
질릴 리 없고

허공은 무한대의 눈발 들끓고

그날 감정이 얼마나 미세한지
떨어지는 눈송이 하나에도
천지가 가만히 있질 않았다

달의 뒤편

노안이 와 마침표와 쉼표를 구별하기 어려워한다

누가 날 구해 준 기억은 있어도
내가 누굴 구한 기억은 없다오

이날 이때까지
누굴 업어 준 기억이 없다오
내 딸조차 안아 준 적은 있어도
업어 준 기억이 부재하다오
등에 업힌 사람이 뒤로 넘어가면 어쩌나 하는
불안과 공포가 극심하였다오
아이가 걸음마를 시작할 때
뒤로 넘어져 뒤통수 깰까 봐 졸졸 따라다닌 얘기와 다
르지 않다오

안아와 업어는
배와 등처럼
빛과 그림자처럼
안아가 업어를 안을 때까지

업어가 안아를 업을 때까지
업어 준 기억은 없어도
강아지를 안아 준 기억이
나뭇가지를 매만지고 나뭇잎을 애무한 기억과 같다오

업을 줄을 모르는 삶이
업힌 기억에 사무친다오
소경이 되기 전
말년 증조모의 등에 깃털처럼 업혀 있던 나의 유년

삶에 업혀 가는 날들과
삶을 업고 가는 날들이
회한과 비애를 갈아타고
낮과 밤을
추억과 기억을 왕복한다

나이를 먹어 가는 게 타락하는 삶과의 싸움이고
추해짐과의 투쟁이고
뒤끝과의 잔인한 전투여서

여직 살아 있다는 게 신기하다 못해 경이로울 지경이다

업힌 기억은 있어도
업어 준 기억이 없는 사람에게
시간은 거꾸로 돈다

누가 날 구해 준 기억은 있어도
내가 누굴 구한 흔적은 없다오

추우야정秋雨夜情

가을은 사나흘이면 끝나고
비애는 평생을 가리라

울프 생각

그 자식은
시를 쓸 시간에
딸아이의 기저귀를 갈아주고 있었지
아이를 고층 아파트 밖으로 던져 버리고
싶은 마음이 있었을까 없었을까

저 인간이 빨리 죽어 사라졌으면 하는 마음이 없었다면
그건 거짓말
새하얀 거짓말

그 잡설가 녀석은
좀 가부장적으로 살라며 꼴값을 떨었지
그런 대갈통에서 나오는 소설을 읽을 일 없었지

산후우울증 같은 소리는
그 인간을 창문 밖으로 던져 버리고 싶단 말과 같은 것
이라네
그 말 뒤에 도사리고 있는 생활의 그림자, 불균형을 누
가 알리

끼니가 끝나면 또 끼니
설거지가 끝나면 빨래
빨래가 끝나면 또 설거지
일상이 끝나면 또 일상
우리는 일상이라는 무대에서 늙어 가지
늙어 가기 전에 낡아 가지
낡아 가기 전에 죽어 가지

개는 말할 것도 없고
화분 하나도 어엿한 시간 도둑이었지

상상과 망상과 몽상과 현상의 상간에서
사실과 현실과 진실의 막간에서

막힌 변기를 뚫고 있었지
막힌 하수구를 욕설과 함께 끙끙거렸지

구멍에서 시작해 구덩이에서 끝나는 삶이여

골짜기에서 시작해 골로 가던 사람들이여

강아지는 열 살이 되어 있고
벚나무는 스무 살이 되어 있지

그 자식은
문학 할 시간에
닭발을 자르고 있었지
흰 시멘트를 개고 있었지
집안일에 너무 많은 시간이 들어갔지

울프!

인간의 절대 군주인 일상 속에서
이건 아니야 아니야 해도 어쩔 수 없지
빵이 있어야 하고 방이 있어야 하고
노래할 시간이 있어야 하고

울프!

평범한 날들

일상이 무너지면 많은 게 무너진다
거의 다 무너진다
일상 같은 거 그러며 우습게 지내던 날들도 엊그젠데
그걸 아는지 모르는지 우리는 오가고
생활이라는 아름답고도 처절한 말과 함께 또 하루를 살
아간다
내가 없어도 세상은 잘 돌아갈 것이다
그러나 나 없는 세상이 무슨 소용인가
그대가 없어도 세상은 잘 돌아갈 것이다
그러나 그대 없는 세상이 또 무슨 소용인가
서 있는 울부짖음과 뛰어가는 환희와 함께
돌아올 수 없는 몸 냄새와 함께 시간이 날아간다
평범이 무너질 때 비범도 함께 무너진다

어진 사람이 사는 곳이 명당이라는데
많은 사람들이 지나가고 없다

인간에게

좋은 인디언은 죽은 인디언이라고 말한 인간들은 누구지?
옳고 그름이 이곳의 윤리인가 아니면
편 가르기와 호불호의 싸움이 있을 뿐인가?
돈이 신인 사람들과
신이 돈인 사람들의 혈투가 있을 뿐인가?
아니라고 말하고 싶은가?
위선 떨고 싶은가?
대체 무슨 일이 일어난 걸까?
삶의 세계는 과거도 지금이고 미래도 지금이어서
끝없이 지금을 살다 종치게 되지 않던가
우리를 만든 사람들 하나 둘 가고
우리도 곧 그리 되겠지
재촉하지 말게나, 곧 그리 되겠지
혼자 노는 아이였다가 화딱지 난 아이였다가
삐친 아이였다가 칼로 긋는 아이였다가
받은 것은 배로 돌려주는 아이였다가
그 사람 이름이 뭐였더라, 그 사건 이름이
뭐였더라 하는 데까지 걸린 시간은
나뭇잎 하나 지는 시간만큼 짧지 않던가

좋은 인간은 죽은 인간이라고 말한 인간은 누구지?

남아 있는 날들과 함께

나는 나의 미지고 나는 나의 미래다 말한 사람은?

내가 나를 고통하듯이 개와 돌과 나무를 고통하는 동물은?

자연이 우리를 지켜보고 있다고 말하는 인간은?

삶은 지금 이 순간보다 길지 않다고 말한 시인은?

적설

운이 좋았을 뿐이다
정말이지 운이 좋았을 뿐이다
아직도 살아
삶을 탐닉할 수 있다는 게
영광? 기적!
아니면 식은땀과 공포
어디 가지 않는 불안

있었다
누군가 있었다

꿈결같이…
숨결같이…

심장이 있었다
심장을 꺼내 들고 다가온 별빛 시선이 있었다

슬픔을 안고, 분노를 이고, 사랑을 업고
다가간 게 아니었다

맞아 죽지 않고, 얼어 죽지 않고, 자살 당하지 않고
남아 있게 되었을 뿐이다

사방이 죽을 곳이고
천지사방이 죽이는 곳인데

두 세기 위에
세 번째 행성 위에
한국 위에
늘 첫 시간 위에
이렇게 죽지 않고
가을볕 속으로 한창 걸어 들어갈 수 있다는 게
가을비 끝에서 비에 쩔릴 수 있다는 게
숙명? 우연!

지금보다 훨씬 일찍 끝날 수도 있었다

하지만 있었다
누군가 있었다

입김처럼 가까이 있었다

삼월야三月夜

　혼자 잘 지내고 있습니다. 여럿이 잘 지내는 건 제 체질이 아니고 당신 체질도 아닐 겁니다. 혼자 노는 덴 타고난 것 같습니다. 그 사람들한테 연락 안 한 지 여러 해, 누가 죽어도 연락이 가지 않을 수도 있습니다. 사람들이 하루 저녁에 짐승스런 인간들이 되어 있습니다. 계속 혼자 잘 지내고 싶습니다. 한 번 틀어지면 생애 내내 틀어지는 게 이 사람의 근성입니다. 없을 때 생각나는 게 인간이기도 합니다만 있을 때 잘할 수 없는 게 인간이기도 합니다. 사람의 근본 기질은 잘 안 바뀌는 것 같습니다. 일이 이렇게 될 줄 알았겠습니까? 일이 이렇게 될 줄 몰랐겠습니까? 끝이 좋으면 다 좋다고 그럽니다. 그럴 리가 있겠습니까? 끝이라도 좋길 기원합니다. 명복을 빌지 않겠습니다.

회한

사람을 두고 왔다
고래뱃속에 넣어 두고 왔다
산맥을 넘던 높새바람처럼 왔다
두고 왔으면서도 보러 갈 생각을 않는다

파도를 두고 왔다
파도의 심장에서 멀지 않은 도시에
형제자매도 두고 왔다
다시 안 볼 것처럼 왔다

내 한 몸 겨우 수습해
내륙으로 왔다

새로운 빗방울이 고요히 내려오고
새로운 눈송이가 어둠 이마 환히 따라오고

사람을 두고 왔는데
만나러 갈 생각을 않는다

결별

내가 나를 끝내듯이
내가 너를 끝나듯이

한 번 가버리면 안 돌아오는 순간이
까마득한 지금이 있었습니다

가버리면 안 돌아오는 야멸찬 당신
그래도 두고두고 돌아오겠지요

내가 버려지듯이
당신을 베어 버렸던 한순간이 있었습니다

첩첩심장에서
돌덩어리가 자랐습니다

무덤이 자랐습니다
울음이 자랐습니다

그 사람이 떠나면

그 사람이 남는 사람이 있습니다

그 사람의 눈동자를 헤치며
뒤돌아봤던가요

한 번 돌아서면
안 돌아오는 눈물이 돌아봤습니다

남아 있는 세계

돌이킬 수 없는 눈물이 천길 나락으로 가버리듯
당신이 나에게서 굴러떨어지고

시간을 떨구며
공중을 적시는 밤 빗소리 희다

언제까지 곁에 있을 것 같았던 사람이
하루저녁에 돌아올 수 없는 빗방울이 되어 구른다

나는 거의 혼자였고
아주 가끔 혼자가 아니었고
대개 혼자였다

어떻게 살아야 할지 모르는 사람을
미래가 덮치고 있다

어떻게 죽어야 할지 모르는 사람을
현재가 엄습하고 있다

살아온 날들이 신기하고
그 무엇보다 지금을 굴러가는 밤하늘이 신기하고

남아 있는 날들이 속도를 내고
사람 속에 무덤을 판다

유일무이한 하루가 일생에서 굴러떨어지고
줄어드는 시간 속에 무덤을 판다

사람에게

그 골목에서 돌아 나올 땐
나를 낳은 사람이 지켜보고 있었으나
나는 끝내 돌아보지 않았다

앞날이 어떻게 되든
지난날이 어떻게 되었든
인간이라면 돌아봤어야 했다

춘우야정 春雨夜情

자다 깬 봄밤 빗속에
바나나 한 조각, 아이스크림 세 숟가락 퍼먹고
조제 커피 두 잔째 마신다

이러고 있는 게 신기하고
살아 있다는 게 신비하다

지난날 내가 한 일을 알고 있다
어찌 모른다고 할 수 있겠는가
지난날 내가 한 일을 모르고 있다
어찌 안다고 할 수 있겠는가
이 둘은 한 몸이며 한 나라를 이고 있다
남아 있는 삶에게 죽음을 데리고 간다

술 없는 밤
담배도 없이 비 젖는 봄밤

내 내부를 열어 본다
두고 온 사람 아니면 두고 갈 사람 생각

── 그게 전부일까

파도

박용하

어느 날 나는 여기 없을 것이다.
네 사라지는 입김처럼.

그가 수태되던 날, 과거에서 출발한 파도의 날갯죽지와 미래에서 시작한 별의 발자국이 자궁에 가득했다. 미래는 누구의 편도 아닌 끝없이 미래의 편이어서 미래로 남을 것이며, 현재는 붙잡을 수 없이 빨리 달아나고, 과거는 삭제 불능의 그림자로 남아 생이 다하는 날까지 붙어 다닐 것이다. 그는 미래로 나아가지만 그럴수록 지금 이 순간으로 나아가고, 그의 삶은 지금 이 순간을 역영한다. 미래는 끝없이 들이닥치면서도 한 번도 당도하지 않는다.

삶은 앞에 있다. 살아보지 못한 시간 앞에. 뒤를 돌아보지 말고 가라고 그렇게 간곡하게 부탁해도 인간은 뒤를 돌아다본다. 뒤에도 삶이 있기 때문이다. 눈앞에 있는 삶이 곧 뒤에 있는 삶이 되고, 끝난 줄 알았던 뒤에 있는 삶이 불시에 우리 앞으로 엄습하는 사태가 벌어지고, 언제나 누구에게나 그렇듯이 죽음이 우리들 앞에서 커다랗게 입을 벌리고 기다리고 있다. 우리는 모두 하나의 희미한 조짐, 돌이킬 수 없는 흔적, 매일 오가는 눈여겨보지 않는 빛과 어둠과 낮과 밤과 해와 달과 별, 되돌아갈 수 없는 눈물을 들고 서 있는 삶과 되돌아갈 수 없는 빛을 입에 문 죽음. 원했든 원하지 않았든 태어났으니 살아야 하고, 살아서 하루하루 순간순간 죽어간다.

내가 살고 있는 게 신비라면 내가 살고 있는 세계는 얼마나 신비한 세계인가. 내가 살고 있는 게 신비한 것처럼 네가 살고 있는 것 역시 신비한 사건이다. 그런 세계에서 내가 그와 만나 말을 나누고, 마음을 나누고, 몸을 나누는 사태/사건/일이 벌어진다. 그렇다면 나하고 같이 살고 있는 개 한 마리, 고무나무 한 그루가 신비가 아닐 까닭이 없는 것이며, 내 식의주 때문에 희생되고 죽어간 온갖 식물들, 동물들, 광물들 역시 신비하지 않을 까닭이 없다. 특별할 것도 없는 이 하루가, 반복과 동어반복의 테두리일 뿐인 이 하루하루가 실상은 매일 신비를 먹고, 입고, 자는 셈이다. 이런 신비한 세계에서 세상을 피범벅, 비통 범벅, 고통 범벅으로 만드는 인간들의 역사 또한 불가사의하지 않을 까닭이 없다. 나와 그와 우리는 신비계에 덮여 있으면서도 온갖 감옥에 갇혀 신비를 열어볼 엄두조차 못 내고 있다. 우리가 신비를 열기도 전에 신비가 우리를 비추고 있다.

그는 혼자서 여럿이었다. 그는 인간이다. 인간을 경원하는 인간이다. 그는 혼자서 가장 멀리까지 여행한다. 그는 그의 책상 위 백지 위에서 가장 멀리까지 여행한다. 삶은 이번 삶으로도 충분하다.

이곳에서 저곳을 살러 가요.
내가 그를 살러 가요.
그가 나를 죽으러 와요.
이 시간에 저 시간을 죽으러 가요.
나는 부재하는 그 사람을 존재하고 있어요.
더없고 덧없는 유한의 심연에서, 일상의 무한 속에서
나는 여기에 없는 그 사람을 살러 가요.

사람들이 A라는 같은 장소에 있다고, 그들이 그날 A라는 같은 장소에 있었다고 편하게 말해도 될까. 그들은 A

라는 장소만 같은 공간에 있었지, 그들 각자가 생각하는 시간뿐만 아니라 공간까지 같을 수 없으므로 그들은 A라는 이름의 각자의 장소에 있었다고 해야 하지 않을까. 그날 그 장소에 있었다고 해도 백 년 전으로 거슬러 가 있을 수도 있고, 백 년 뒤 훗날로 이동해 있을 수도 있다. 그들이 그날 같은 장소에 있었다고 해도 그 장소는 그들 자신이 경험하고 해석한 그들 각자 내력과 이력과 상상이 반영된, 그들 삶의 이력과 내력뿐만 아니라 그들이 시선하고 호흡한 풍경의 이력과 내력까지 잠재된 재해석된 장소이므로 그들은 A라는 이름의 B, C, D, E… 장소에 있었다고 해야 하지 않을까. 그것은 마치 A라는 한 편의 같은 시를 백 사람이 읽었어도 A라는 시를 읽은 사람이 단 한 사람도 없는 것과 같은 경우다. A라는 이름의 B, C, D, E… 시를 읽었다고 해야 할 것이다. 나는 여기에 있지만 여기에 없고, 너는 거기에 있지만 거기에 있지만은 않은 것처럼.

화장실의 낡고 때 묻은 등을 하나 갈아 끼웠을 뿐인데 마치 공간 스스로 빛을 발하는 것처럼 시간이 데워지는 느낌이었다. 낱말 하나를 바꾸었을 뿐인데 문장의 색깔과 숨소리가 바뀌고, 세계가 다르게 보이고 만져질 뿐만 아니라 세계가 아예 새롭게 태어나는 느낌을 받는다면 과장일까. 진술 서너 개로도 멀쩡한 인간을 부도덕과 비윤리의 올가미 속으로 밀어 넣고, 무고한 사람을 절망의 심연으로 빠뜨릴 수 있다. "문장 서너 개면 누구든 범죄자로 만들 수 있다"는 그 동물들은 말 폭탄과 언어 폭탄을 항시 넣고 다니며 터트릴 시기와 기회를 엿본다. 진실은 유토피아 같고, 우리는 말과 언어를 지배하기 전에 말과 언어의 지배를 받는다. 말과 언어는 그만큼 막강한 것이다.

지뢰가 매설되어 있는 것도 모른 채, 흐드러지게 핀 유채꽃밭을 애인과 함께 지나가는데, 어디선가 배추흰나비 한 마리 날아와 그들의 혼을 빼놓는다.

꽃에 넋을 내준 짐승마냥 춘유록색 목수국에 홀딱 반해 시름을 잊고, 인간관계에서 빚어지는 명암도 잠시 내려놓는다.

그가 사람에게 버림받았다는 느낌에 휩싸이자 그 따사롭던 햇빛은 빛 바늘 투성이가 되어 천지에 내리 꽂혔으며 정박할 곳을 잃어버린 감정들은 외계의 황무지를 날아가고 있었다. 사랑당했다고 해도 좋을 만큼 사랑받았던 날들은 앞으로도 오랜 시간 발굴될 길 없는 절벽 끄트머리에 고대 화석처럼 붙박이고 말았다.

알코올 중독자에게 당장 알코올 이상의 낙원이 없듯이

중독의 부정성을 떠나서 도박 중독자에게 도박만 한 낙원이 있겠는가. 왜 시를 쓰느냐고 그가 내게 물었다. 그 무엇을 줘도 대신할 수 없는 불환금성의 나라가 코앞에서 뱀 춤을 췄다.

글을 쓰든, 바둑을 두든, 화투를 치든, 야간 행군을 하든, 회사에서 주말 야근을 하든, 술 마시며 음악을 듣든, 밤을 꼴딱 새우고 맞는 여명엔 가중되는 피로와 피곤함에 역행이라도 하듯 일순간 빛이 물결치듯 환희의 숨결이 온몸을 돌아다녔다.

적이 강할수록 나는 자라나고
하루도 원수와 뒹굴지 않은 날이 없다.

인간의 불행은 세상에 태어났다는 거고, 불행도 삶의 얼굴이므로 그는 살지 말라 해도 꾸역꾸역 살아가고, 살아가야 하고, 죽지 말라 해도 꼬박꼬박 죽어가고 죽어가야 한다. 그는 삶이 끝나고 죽음의 여정이 시작된다고 믿는 자가 아니다. 빛이 끝나면 그림자가 종말을 고하듯이 삶과 함께 죽음이 태어났고, 삶이 끝나는 순간 그의 삶에 붙어 동고동락하던 죽음 역시 종말을 맞을 것이다. 삶이 끝나면 모든 게 끝난다. 내세 따위는 귀 기울일 여력이 없고 그가 알 바 아니다. 무(無)로 사라지리라. 무 속에 영원히 부재하리라.

우리는 동시대인들과 악취로 연결돼 있다.

인류가 이 행성에서 이렇게 흥행에 성공할 줄 꿈이라도 꿨겠는가. 이 흥행은 '판'을 갉아먹는 흥행이며 아예 '판'을 거덜낼 수도 있는 흥행이다. 누가 쓰레기를 죽일 수 있는가.

돈이 신인 세상이다. 그런데도 어쩌자고 돈은 신을 사칭하고 종교를 참칭하는 따라지들에게 헌금하는가. 그것도 모자라 인신공양까지 하는가. "신이나 진리의 문제들은 신이나 진리가 알아서 하도록 그들에게 맡겨두시게. 오죽 잘 알아서 하시겠는가?"란 말이 있다. 그러니 신이여. 진리여. 인간의 문제들은 인간이 알아서 하도록 인간에게 맡겨두시구려. 오죽 잘 알아서 하겠습니까? 오죽 잘 알아서.

여기서부터 둘레가 4만 킬로미터인 세계, 여기서부터 38만 킬로미터 떨어져 있는 나라, 여기서부터 1억5천만 킬로미터 떨어진 별까지는 그렇다 치더라도 대부분의 인간에겐 백 년조차 접근 불가 영원의 시간인 걸 감안하면 1광년도 아니고 2억5천만 광년 떨어진 은하 어쩌고 그러면 나더러 어쩌라고. 백여 년도 더 전에 이 세계에 사는 한 인간이 우주의 형태 추측, 말하자면 우주의 모양이 어떻게 생겼는지, 구(球)인지 도넛 형태인지 추측 상상했다는 건데, 백여 년이 지나 그런 추측 상상계를 현실계로 증명한 인간이 나왔다는 건데, 그들이 우주선을 타고 전 우주를 배회 방랑 탐사한 것도 아니고, 어쩌면 자기 집 서재 책상 앞에서, 아니면 팔베개하고 침대에 벌러덩 드러누워서 그도 아니면 현관 앞 자그마한 의자, 엉덩이 하나 겨우 받칠 수 있는 의자 위에 앉아서 우주를 누비고 다녔다고 생각하니 입을 벌릴 수밖에 없다. 그들은 나하고 같은 세계에 사는 같은 인간이지만 인간의 종류가 달라도 너무 다른 인간이다. 상상력 인간들이 본의 아니게 현실력 인간들을 구현한다. 상상가가 현실가를 낳듯이 상상이 현실을 낳는다.

때때로 삶의 어떤 국면에서는 전투식량만큼이나 중요한 게 담배와 콘돔이다.

사교계에는 뇌수를 잘 삶은 돼지머리와 쫄깃쫄깃한 닭 똥집과 굽다 만 지문 없는 웃음이 한데 어울려, 속셈은 사타구니와 겨드랑이에 감춘 채 한바탕 피부를 교환한다. 인간이 인간을 만난다는 건 그 무엇도 아닌 피부를 만난다는 것. 내가 너를 처음 만난다는 건 너의 첫 피부를 만난다는 것. 피부는 관계의 최전선이자 베이스캠프. 피부색 뿐이랴. 피부가 망가지면 동물이든 식물이든 당장 배제와 기피 대상이 되고 나아가 혐오의 대상이 된다. 피부는 말 한 마디 없이 상대방의 뇌 속을 휘저어 놓는다. 피부 목록: 눈빛, 살결, 머리카락, 치아, 옷(예복, 제복), 안경과 색안 경, 마스크, 모자, 목도리와 목소리, 장갑과 신발과 가방, 반지와 목걸이와 귀고리와 팔찌, 두건과 머리띠, 냄새와 향수, 덕담과 입담, 거짓말과 사기술과 포장술, 표정과 무 표정, 핸드폰과 신용카드, 자동차와 아파트, 무기와 악기, 비서실장과 호위 무사, 놀이터, 영업장, 걸음걸이, 말과 언 어.

마음의 난데없음과 감정의 불가사의 앞에서 왜 몸은 수 시로 고깃덩어리가 되지 못해 안달복달 애걸복걸 하는가. 네 얼굴엔 오장육부가 집결해 돼지기름 끓고 있다. 너는 그걸 아는지 모르는지 연신 씰룩거리고 꿀꿀거린다.

지극히 주관적인 문장 세탁소.

출판사 '편집장'은 '편견장'이고 신문사 '편집국장'은 '편견국장'이다. 방송국 보도국장은 더 말할 것도 없다. 편견과 선입견의 장이다. 영화평론가는 영화편견가이자 영화편파가고, 문학평론가는 문학편견가이자 문학편파

가다. 이 말이 틀렸다고 극렬 반발하거나 극구 부정하는 족들의 족을 잘라라. 주관적 견해가 배제된 객관/객관성이 인간 세상에 어떻게 존재 할 수 있으며 그런 게 어디에 있나. 주관의 객관이 있을 뿐, 객관 비스무리한 것을 객관이라고 간주하는 것일 뿐 온전한 객관은 없다. "내가 객관적으로 말하는데" 같은 헛된 말이 있을 뿐이다. 그럴진대 법과 원칙 운운하는 인간들의 그 법과 원칙이란?

집 밖에서는 갖은 악행을 자행하는 악의 얼굴도 때때로 집구석에서는 자상한 가장의 얼굴을 하고 있다. 집구석에서는 폭군, 폭력 업자에 불과한데 집 밖에서는 갖은 위선을 떨며 이미지 관리에 혈안인 고깃덩어리들도 있다.

악의 얼굴은 천(千)의 얼굴. 지금까지 그 숱한 정체불명의 악이 자행되고 실현됐어도 이 행성에는 그 불가사의한 악을 능가하고도 남을 새로운 악이 기회를 엿보며 태어날 날만 기다린다. 선악의 문제는 손쉬운 이분법이 아니다. 그토록 다채로운 악의 남용과 부작용, 과소비에도 불구하고 악은 죽지 않을 것이며, 불후의 변장술과 요술을 동원해 끝없이 우리의 피부를 파고들 것이다. 우리의 피부를 뚫고 나올 것이다. 악을 대접하자. 일용할 양식처럼 악을 대접하자. 악은 우리의 동료며 악은 시대를 초월한 불후의 예술이며 지칠 줄 모르고 갱신에 갱신을 거듭해 우리의 뇌와 심장을 데울 것이다.

질문 받는 사람은 고문 받는 사람이다.
질문하는 사람을 고문 받게 할 수 있는 사람도 질문 받는 사람이다.
어떻게 하면 고문하는 사람을 고문할 수 있을까.
그 질문/답변 기계는 자신이 한 질문/답변 때문에 괴로워하지 않는다.

내 머리카락 한 올에도 정치가 들어와 있고, 사회가 들어차 있다. 정치와 사회에 무관심할 수는 있어도 무관할 수는 없다.

그가 작가라면 인간을 발가벗기거나 독자의 심기를 몹시 불편하게 하거나 지옥의 입구로 삶을 데려다주기도 할 것이다.

확실히 나는 문학적인 인간이다. 나는 문학하는 인간이다. 시가 내 업(業)이라면 나는 시의 업.

세상살이의 의미와 무의미를 칼로 도륙(屠戮)하려는 자와 악기로 농월(弄月)하려는 자는 한통속인가, 아니면 적대세력인가. 세계를 탐한 자는 그 세계로 인해, 그 세계를 탐한 방식으로 멸망할 수도 있다. 비통해하지 말 것.

검사 K는 "감정을 빼고" 문장을 작성했단다. 육하원칙이고 나발이고, 신문 조서를 작성하든 신문 기사를 작성하든 감정을 빼고 글을 작성할 수 있는가. 감정을 뺀 말과 언어가 어떻게 가능하단 말인가. 기계가 작성하는가. "감정을 최대한 배제하고 문장을 작성했다"는 그 말에 이미 빼도 박도 할 수 없는 감정이 들어가 있다. 그러면서 하고 싶은 말은 선수치고 듣고 싶은 유도 질문은 왜 하나.

그는 남들이 하는 걸 따라 하는 걸 극도로 싫어했다. 유행은 그의 관심 밖의 일일 뿐, 강한 자존심이 그를, 그의 삶을 무너뜨리기 직전까지 몰아갔던 반면에 그 강한 자존심 덕에 폐인으로 나뒹굴지 않고 다시 삶의 열기 속으로 돌아오곤 했다. 자존심과 더불어 결백성으로 인해 그는 엄청난 고통 속에 놓여야 했음에도 그 고통으로 인해 세계의 고통과 이어지는 한 줄기 환희에 찬 빛의 소로를 걸어갈 수 있었다. 과거는 지치지 않고 도래한다. 쳐들어오는 미래는 불굴이다. 그렇다고 해도 두 번 산다는 것은 끔찍하다. 지금까지 그의 삶보다 지금부터 그의 삶이 그의 삶이듯 지금까지 그의 문학보다 지금부터 그의 문학이 문학이다.

그는 이미 여기에 있었다.

　내 이웃의 죽음이 태풍에 쓰러진 가로수나 길거리에 버려진 고양이 시체보다도 관심을 끌지 못한다. 그렇다면 가로수나 고양이의 죽음이 인간의 죽음보다 관심을 덜 받아도 된다는 말인가. 그게 가능한 말인가.

　인생의 어느 한때는 온통 그 사람 생각으로 하루가 채워져 있다 해도 좋을 그런 날이 도래하는데, 읽던 책 위는 말할 것도 없고 노트며 칠판이며 운동장이며 천장이며 이불 속이며 그가 마주하는 공간이란 공간은 그 사람 얼굴로 도배되는 광경을 속수무책으로 지켜보게 된다. 그가 오가는 길거리와 영화 간판, 새털구름 깔린 하늘이나 파도가 들어오는 모래사장 위에도 온통 그 사람의 영상이 자리 잡는다. 그것은 마치 천지사방이 그 한 사람의 자태로 채워져 있어 그가 그 막강한 영향력에서 옴짝달싹 할 수 없는 상태에 빠졌음을 의미한다. 그럼에도 그 사람만 그것을 모른다.

　그가 원한 건 그녀의 몸이었다. 그가 원한 건 그녀의 몸이 아니라 그녀의 돈이었다. 그녀가 원한 건 그의 몸이었다. 그녀가 원한 건 그의 몸이 아닌 그의 돈과 권력이었다. 그들이 원한 건 몸이기도 했고, 돈이기도 했고, 권력이기도 했고, 셋 다이기도 했다.

그녀의 눈동자에는 슬픔이 가득했고 금방이라도 찢어져 내용물이 터져 나올 것 같았다. 금방이라도 터져 쏟아져 나올 것 같은 그녀의 슬픔을 눈물이 흘러내려 겨우 막고 있었다.

그날 이후 남자 생각을 지울 수 없었다. 마치 태어나기전부터 그랬다는 듯이 그 남자 생각은 내가 죽고 난 후에도 계속 따라올 것만 같았다.

억울하게 자식 잃은 어머니들이 하루아침에 전사, 검투사가 되어 있는 걸 목도한다. 저 에너지가 어디서 나오는지 나 같은 남자 동물은 감당이 안 된다.

아무런 연락도 없이 불쑥 너를 찾아갔지만 너는 단지 거기에 없었을 뿐인데, 급작스런 방문으로 인한 환대는커녕 냉대받을 기회조차 없이 나는 버려진 사람처럼 어디에도 놓일 수 없는 감정을 가까스로 수습해 패잔병처럼 내쓰라리고 쓸쓸한 빈방으로 철수하고 말았다. 그날 네가 거기에 없었다는 사실 하나만으로도 나는 제정신이 아니었다.

우리는 날씨 얘기 외엔 별 할 말이 없었다. 날씨 얘기마저도 겉돌았다.

권태조차도 무시무시한 삶의 긴장이며 지리멸렬함도 지독한 삶의 긍정이다.

우리는 신(神)보다 커피를 더 찾는다.

우리는 커피의 지배를 받는다.

한 그루 나무에서 만 개의 잎이 떠나가듯이 만 개의 잎이 한 그루 나무를 놓아준다.

세계가 아름다움으로 뒤덮여 있다.

그건 그렇게 말하는 자가 무장해제 상태에 있음을 뜻한다.

비가 내리기 시작하자 그는 마치 자신 안에 비를 반기며 마중 나가는 또 다른 사람이 있는 것처럼 행동했다. 세찬 비가 더욱 세차게 밤을 가열하자 그의 몸 안에 등이 켜졌고 마침내 내리퍼붓는 비를 비추기 시작했다. 가을 밤비는 그를 저 먼 회한의 나라로 데려가 추억의 겨드랑이까지 적시리라.

십이월의 첫날부터 고양이 걸음 마냥 살금살금 비가 왔다. 그는 생래적으로 비를 좋아하는 사람. 비의 시선으로 가지 못할 나라가 어디일 것이며, 비의 호흡으로 닿지 않을 천지가 어디일 것인가. 비가 오든, 비가 쏟아지든, 비가 흩날리든, 비가 내리갈기든, 함박눈이 내리듯 함박비가 내리퍼붓든 비 내리는 날은 그를 단박에 그의 삶으로부터 무장해제해 저 대책 없는 회한과 저 감당 불가 허무의 나라로 몰아간다. 비는 일상의 삶을 비일상의 차원으로 순식간에 탈바꿈하는 질적 변화를 불러일으킨다. 그러던 그가 비 오는 날보다 비가 씻고 간 뒤의 푸른 대기를 더 원하는, 탐닉하는 사람이 되어 있다. 신나게 비를 맞으며 빗속을 달려 나가던 그는 어느덧 비 한 방울 닿는 게 싫은 비 밖의 인간이 되어 있다. 지난 가을은 그가 경험한 가을 중에서도 추색이 고왔고, 추색이 십이월비 코앞까지 지속된 그의 생애에서 가장 긴 가을이었다. 그러다 보니 겨울산은 설산, 해안도시는 홍엽인 가을겨울이 한 시공간에 자리했다. 그것은 그가 몇 년 전 이 나라의 산맥을 넘어 동해로 갈 때 보았던 대관령의 흰 눈과 바닷가 국도변의 벚꽃이 한창인 풍경을 떠올리게 했다. 때는 사월이었고 산맥의 흰 눈과 평지의 흰 벚꽃이 천지를 빛나고/빛내고 있었다.

비가 오면 그의 몸에 불이 켜진다. 사람이 생각나는 스위치가 작동한 것이다.

이 십이월비는 사나흘이지만 저 삶의 격정은 일생을 가

리라.

  그 눈 내리 퍼붓던 밤 사이좋게 누워 지내던 그들은 한
순간 관계가 틀어져 사이 나쁜 이웃 나라처럼 되고 말았
다. 한 번 틀어진 인간관계는 아무리 잘 봉합해도 그 금
간 상처 자국이 일생에 걸쳐 남아 있으리라. 눈 내려 쌓이
던 날, 양말 젖을까 앞장 서 길을 내던 그 마음은 돌아올
수조차 없이 멀리 가버리고 말았다.

  봄날에 많은 눈이 내렸다. 그것은 봄눈이되 봄눈이 아
니었다. '폭우'에 자주 붙어 입에 오르내리던 '게릴라성'
이라는 수식이 이제는 '폭설'에도 붙기 시작했다. 어쩌다
우리는 스스로 그러할 뿐인 '자연' 앞에 '병든'이라는 수
식어를 붙이는 세상에 살게 되었을까. 봄날에 내린 눈은
쌓인 눈이 되어 깊은 산부터 인근 야산까지 여러 날 머물
렀지만 눈은 곧 깊은 산으로 되돌아갔다. 봄날에 예상 밖
의 폭설이 도로를 점령하자 의외의 고통이 사람들에게 들
이닥쳤고 쌓였다. 산불이 휩쓸고 간 봄날의 마을처럼 그
고통을 일일이 열거할 수는 없다. 늘 그랬듯이 개별적인
고통 앞에서 조직의 고통은 개별적이지 않았다. 어떨 땐
거의 무력했다. 개별적인 고통을 살갑게 들어줄 조직은
그곳에 없었다. 결국 개별적인 고통은 기댈 데가 지 몸밖
에 없는 것을 알고 무슨 어미 잃은 짐승처럼 혹은 자식 잃

은 어미처럼 하늘을 올려다보며 설움에 저 홀로 크게 몸을 떨어야 했다. 고통은 각자 해결하거나 못 하거나 둘 중 하나였다. 그래서 제 몸뚱어리밖에 기댈 곳이 없는 사람들에게 설움은 이중의 고통이자 삼중의 울음덩어리와 다르지 않았다. 봄날만 그럴 것인가. 날씨는 더 나빠질 것이고 점점 더 제 갈 길로 갈 것이다. 겨울에 괴로웠던 사람은 봄에도 괴로울 것이고, 괴로움은 쉽사리 끝나지 않을 것이며, 불안과 공포와 두려움은 연대할 것이다. 그렇다 해도 삶은 늘 앞에 있고, 죽음은 삶의 맨 앞대가리에 있다. 인간은 뒤가 어찌 됐든 앞을 살아야 했다. 앞만 보며 달리는 삶에 뒤를 추억할 여력이 없다. 앞을 밀지 않으면 뒤에 밀려 깔린다. 쌓인 폭설은 봄눈 녹듯이 녹았고, 메마른 대지를 촉촉하게 적셨고, 한동안 산불 걱정을 끄기도 했다. 나무는 아직까지 겨울의 깊이를 벗어나지 못했고, 대부분의 풀은 풀씨 상태로 있었다. 봄날에 황사가 황해를 건너 쳐들어왔고 산불이 잦은 영동에선 봄바람이 유별났다. 저 부는 봄바람 속에 인간이 안쓰러웠다. 자연의 시간은 인간의 이해득실 너머로 진행한다.

온 모래사장을 다 뒤져서라도 잃어버린 동전 하나를 찾아야겠다고 덤비는 아이는 한 세계의 끝을 보려는 인간으로 자라났고, 해먹은 것도 해놓은 것도 없이 어느덧 귀밑머리 희어지고 있다. 시시각각 째각째각 미래를 기억하고 미래를 추억할 순간도 덩달아 줄어들고 있다. 분초를 다투는 사랑과 죽음이 수사학만이 아닌 것이다.

심리적인 어떤 것들은 분명 육체적인 어떤 것들이다.
육체적인 어떤 것들 속에는 심리적인 어떤 것들이 잘 반영돼 있다.
심리전이 육체를 기진맥진하게 만든다.
마음과 몸은 서로 아픈 만큼 챙긴다.
마음은 몸이 떠난 후 오래 앉아 있지 못했다.
몸과 말과 마음은 한통속이다.

이 세계는 말이라는 피부로 덮여 있고, 말에 신이라는 갑옷을 입히면 말은 무기가 된다. 의심을 저당잡힌 결과다. '나는 믿는다'는 말은 '나는 무기다'라는 말과 동의어다.

설교는 무감각의 입구. 그런데도 믿음의 현관에는 살신성인을 마다치 않겠다는 고깃덩어리들이 득시글거린다. 충성 서약은 기본. 그만큼 우리는 나약한 짐승이다. 그만큼 우리는 비열하고 간사하고 교활하고 뻔뻔하고 사악한 짐승이다.

민주주의는 부엌에서부터.

민주주의는 거실에서부터.

민주주의는 개집에서부터.

민주주의는 대문 밖 쓰레기통에서부터.

— 국가는 그를 지켜주지 않는다.

— 국가는 그를 부려먹다 효용 가치가 다하면 쓰레기 취급한다.

— 국가는 여차하면 무고한 사람을 죄인으로 만들기도 한다.

— 공권력은 강자를 위해 있는 권력이다. 인민의 힘이 권력보다 강대해지면 그제서야 공권력은 인민의 눈치를 본다.

— 대개의 국가는 일부 사익집단의 꽃놀이패에 불과하다.

인간은 계급과 명령과 두려움 앞에서 오 분이면 노예가 될 수도 있다. 오 분이 채 안 걸릴 수도 있다. 인간은 인간을 떠나 삶을 여행할 수 없다.

그는 사람이다. 그는 외로운 사람이다. 그는 외로움이 들끓는 사람이다. 타인은 뭇별이며, 별들의 천체만큼 멀다. 그러니 어떻게 타인에게 다가간단 말인가. 만날 수 없는 사람처럼 별이 반짝인다. 어떨 땐 깜박인다. 그는 사람이기 전에 인간이다. 그는 고통당하는 인간이기 전에 고통하는 인간이다. 그는 제 감정의 생로병사와 희로애락을 감당하지 못해 탈진할 때까지 자신을 가만 내버려 두지 못하는 짐승처럼 괴로워하는 사람이며 괴롭기 전에 아픈 인간이다. 삶이 있는 한, 삶에 있는 한, 삶을 가열하는 한, 삶이 지불해야 할 감정의 빛과 그림자는 다른 계(界)로 증발하지 않으며 해와 달처럼 지구와 지낼 것이다. 평상심이나 마음의 평화 같은 건 호객꾼의 입발림이나 상술에 절어빠진 멘토들의 입술 위에나 있지 그의 일상과 현실이 아니다. 무엇보다 그의 언어가 아니다. 그는 제 발바닥 밑에다 고통을 건설하고 제 머리카락 위에다 비애를 축성한다. 그는 극미 감정 다발 전신 방열 폭죽 동물. 그는 언어 방류 전율 동물. 그는 피를 타고 인간의 나라 구석구석을 돌며 눈물의 방에서 타인의 비통함을 마주한다. 그가 그에게서 얼마나 벗어나기 어려운 그였으면, 또 다른 그가 되기 위해 그를 부수겠는가. 그는 기억하는 인간이다. 그는 감정을 기억하는 인간이다. 그가 감정의 기억에서 자유로울 수 없듯이 감정의 기억 역시 그림자마냥 그의 삶을 따라다니며 동고동락할 것이다.

시는 말을 발명한다. 거창하든 거창하지 않든 우리가 기존에 쓰고 있던 말을 처음 시작하듯 지금 여기에 있게 하고, 일상의 말을 일상에만 머무르지 않는 차원으로 자주 둔갑시킨다. 그건 '있던 말'을 '없던 말'이 되게 하고, '없던 말'을 '지금 있는 말'이 되게 하는 능력이다. 그렇다고 그 능력이 상상의 다락이나 별세계에서나 벌어지는 일만이 아닌 것은 말할 것도 없다. 늘 그렇지만 우리가 살았고, 살고 있고, 살아야 할 생활과 일상과 밀접하게 연관돼 있다.

네 언어는 면도날이고 식칼이고 망치고 도끼고 드릴이고 곡괭이고 전기톱이고 해머다. 천둥 번개 벼락이다. 네 언어는 뜬장 위에서 잔반 처리 기계로 지내다 단돈 몇 만원에 개장수에게 팔려나가는 개 발바닥이고, 도박 빚 갚으러 글 쓰는 사람의 절박함이며, 언제까지 삶에 머물 수 없음에도 언제까지 삶에 머물 것처럼 구는 인간의 욕망이며, 겨울날 갈라터진 발뒤꿈치 사이에 낀 양말 보풀의 뜨악함이며, 보험도 연금도 한 푼 없이 꼬박꼬박 원금 까먹는 환원 불가 삶의 순간순간이다. 네 언어는 깨진 짱돌의 울부짖음, 가라앉는 선실에서 들려오는 들리지 않는 비명, 거둘 수 없는 눈동자의 여명이다. 언어의 순수/순수성 같은 말에 경도까지는 아니어도 아무런 회의나 의심 없이 수긍하며 지내던 날이 머지않은데, 언어의 순수는커녕 언어는 불순물 덩어리였다. 그렇다고 해도 그가 모국어와 한국어의 자식이 아닐 수는 없는 것이다. 네 언어는 발가락에도 뇌가 달렸고, 손가락에도 머리카락에도 뇌가 달렸다. 네 육체는 감각과 통각의 최전선, 언어의 척후다. 네가 보는 나무에는 숨이 달렸고, 돌멩이에는 시선이 달렸으며, 파도는 호흡을 펄떡이며 구름 천공까지 허파를 할딱였다.

하루의 깊이.

거창하지 않게… 흘러가는 사람들의 거리에 있었지. 손바닥 응시하는 모가지들의 나열 속에 있었지. 하루가 흐르면 둘도 없는 새 하루가 깔리지만 벌써 헌 하루고, 매일 태어나는 너를 곁에 두고도 하얗게 잊은 채 끼니를 때우고 생로병사를 더한다. 어느 날부터 집 앞으로 다니던 이웃 노인이 보이지 않는다. 한참 뒤에야 알아챈다. 다리 절뚝이던 고양이는 사라졌고, 개를 데려오자 잡상인의 발길이 확 끊기고 그 참에 내가 모르는 시간이 솟구친다.

거창하지 않게… 빛에 물드는 돌의 눈빛 속에 있었지.
거창하지 않게… 동물을 알아가는 뜨거운 시간 속에 있었지.

이 피 고픈 거리에서 사람을 알아가는 순간순간 빛이 자라고, 비통을 접하는 순간순간 시간이 자라고, 남들이 보지 않는 곳에서 흘리는 눈물과 함께 세수를 하고 뜨끈한 국물을 넘기리라. 남들이 보지 않는 곳에서 젖는 발자

국과 함께 떨리는 번역의 손길을 모아 찬사와 경조사 대신 바위의 생활을 영위하리라. 거창하지 않게 타인을 노크하듯 별을 노크하고, 거창하지 않게 지구의 고통을 번역하고, 피해자가 평생 끌고 가는 상처와 기억을 기억하는 기억과 함께 피 아픈 거리에서 지금 이 순간을 업고 지금 이후를 껴안으리라. 남들이 보지 않는 곳에서 발광하는 언어와 함께 매일 살았지만 단 하루도 살지 않았던 것 같은 나날들 속에서 코털을 자르고 발바닥 각질을 벗기고 양치질을 하리라.

지금은 거창하지 않게 울음을 씹는 시간.
지금은 거창하지 않게 노래를 삼키는 시간.

우리는 모르지 않는 사람들.
우리는 모르지 않는 짐승들.

내가 어떻게 나인가.
내 속에 얼마나 많은 사람들이 들어와 있는지 모른단 말인가.
내 눈으로 너를 본다.
한 번이라도 너의 눈으로, 세계의 눈으로, 해와 달과 별의 시선과 호흡으로 나를, 인간을 본 적이 있는가.
죽어가는 사람의 눈으로 살아 있는 나를, 세상을 본다.

세상을 떠나가는 자의 시선과 남아 있는 자의 시선이
불꽃 눈물을 일으킨다.

한 번뿐인 영원한 순간들의 율동 속에서 오늘을 지나간
다.

이 순간을 살러 간다.

결코 돌아오거나 반복되지 않을 영원한 이 순간을.

무한 너머 유한.

네가 여기서 살고 있구나.

무한 너머 유한.

여기서 네가 죽어가고 있구나. 끝

달아실에서 펴낸 박용하의 시집

26세를 위한 여섯 개의 묵시(2022)
이 격렬한 유한 속에서(2022)

달아실시선 62

저녁의 마음가짐

1판 1쇄 발행	2023년 1월 21일
지은이	박용하
발행인	윤미소
발행처	(주)달아실출판사
책임편집	박제영
디자인	전형근
법률자문	김용진
주소	강원도 춘천시 춘천로 257, 2층
전화	033-241-7661
팩스	033-241-7662
이메일	dalasilmoongo@naver.com
출판등록	2016년 12월 30일 제494호

ⓒ 박용하, 2023
ISBN 979-11-91668-63-6 03810